CW00922797

LES AMUSE-BUSH

LES AMUSE-BUSH

Traduit de l'anglais (États-Unis)
par Diniz Galhos
(Le Président vous parle)
Claude Dequêne
(Les Nouveaux Amuse-Bush)
et Claro *(Un cyclone d'humour !)*

le cherche midi éditeur

Cette édition est une sélection des trois recueils
d'« amuse-Bush » parus au cherche midi :
Le Président vous parle (2003)
Les Nouveaux Amuse-Bush (2003)
et *Un cyclone d'humour !* (2006)

TEXTE INTÉGRAL

ISBN : 978-2-7578-0282-3
(ISBN 2-74910-126-3, 1re publication du *Président vous parle*,
ISBN : 2-74910-179-4, 1re publication des *Nouveaux Amuse-Bush*,
ISBN : 2-74910-537-4, 1re publication d'*Un cyclone d'humour !*)
© le cherche midi, 2003 pour *Le Président vous parle*
et *Les Nouveaux Amuse-Bush*,
le cherche midi, 2006 pour *Un cyclone d'humour !*
et Éditions Points, 2007 pour la présente édition

Le relevé des « Bushisms » est devenu une sorte de sport national aux États-Unis.

Nous conseillons vivement à nos lecteurs, qui voudraient approfondir cette matière, la lecture en version originale du magazine *Slate*, ainsi que la visite de nombreux sites Internet consacrés au sujet, tels www. bushisms.com, www.dubia.com, www.bushorchimp.com, dont sont extraits la plupart des documents publiés ici.

Le président vous parle

NOTE LIMINAIRE

Le traducteur dénie toute responsabilité relative à la syntaxe parfois un peu baroque de l'auteur des citations, celle-ci ayant été scrupuleusement respectée.

De plus en plus, nos importations viennent de l'étranger.

NPR's morning edition,
25 septembre 2000

*

J'ai une politique étrangère axée sur l'étranger.

Redwood, 27 septembre 2000

Une des premières notes à l'attention de son administration, après son élection : Les gens s'attendent à ce que nous échouions. Notre mission est de dépasser leurs attentes.

Je pense que tous ceux qui ne pensent pas que je sois assez malin pour la tâche présidentielle sont en deçà de la réalité.

U.S. News & World Report, 3 avril 2000

*

Notre nation doit s'unifier pour se réunir.

Tampa, 4 juin 2001

À propos du président Poutine : Vous avez vu le président hier. J'ai l'impression qu'il penche vraiment vers l'avant, comme on dit dans les cercles diplomatiques.

Rome, 23 juillet 2001

*

J'ai dit qu'un régime autoritaire était comme le gruyère : je voulais dire que ni l'un ni l'autre ne sont très efficaces.

Washington, 22 février 2001

La famille, c'est là où notre nation forge ses espoirs, là ou tous nos corps prennent rêves.

La Cross, 18 octobre 2000

*

Il y a une grande confiance autour de moi. Je le sens chaque jour quand les gens que je rencontre me disent : « Ne nous laissez pas tomber une fois de plus ! »

Boston, 3 octobre 2000

Nous faisons tout ce qui est en notre pouvoir pour mettre fin à la solution.

4 octobre 2001

*

Quand je parle de moi, et quand il parle de moi, nous parlons tous les deux de moi.

Hardball, 31 mai 2000

Je veillerai à respecter le pouvoir exécutif, non seulement pour moi-même, mais aussi pour mes prédécesseurs.

Washington, 29 janvier 2001

*

Ce serait une erreur pour les sénateurs des États-Unis de laisser n'importe quel type de clone humain que ce soit sortir de leur chambre.

Washington, 10 avril 2002

Les États devraient avoir le droit de promulguer des lois et des restrictions raisonnables, et particulièrement dans le but de mettre un terme à la pratique inhumaine consistant à mettre un terme à une vie qui, autrement, pourrait vivre.

Cleveland, 29 juin 2000

Si les Timorais-Orientaux décident de se révolter, il y a une chose qui est sûre, c'est que je ferai une déclaration.

New York Times, 16 juin 1999

Les Kosoviens peuvent rentrer chez eux.

CNN, 9 avril 1999

*

Il faut garder de bonnes relations avec les Gréciens.

Austin, 25 mars 2000

Dick Cheney et moi sommes contre la récession. Nous voulons que tous ceux qui peuvent trouver du travail puissent trouver du travail.

60 Minutes, 5 décembre 2000

Il n'est pas reaganesque d'approuver une politique fiscale qui est Clinton dans la nature.

Los Angeles, 23 février 2000

*

De tous les États qui pratiquent le contrôle local des écoles, l'Iowa est un tel État.

Council Bluffs, 28 février 2001

Pour chaque fusillade mortelle, il y a à peu près trois fusillades non mortelles. Et ça, c'est inacceptable aux États-Unis. C'est simplement inacceptable. Nous ferons tout pour y remédier.

Hispanic Scholarship Fund Institute,
Washington, 22 mai 2001

La question est rarement posée : est-ce que nos enfants apprends ?

Florence, 11 janvier 2000

*

Si nous étions en dictature, les choses seraient plus simples – du moment que ce serait moi le dictateur.

19 décembre 2000

Ce cas a été longuement étudié, soumis à une analysation complète.

Seattle Post-Intelligence, 23 juin 2000

*

La chose la plus importante n'est pas d'être gouverneur – ou première dame, dans mon cas.

San Antonio Express News, 30 janvier 2000

C'est le genre d'homme qui, lorsqu'il vous dit qu'il vous donne sa parole, le pense vraiment. Quelquefois, cela n'arrive pas tout le temps dans la vie politique.

Chicago, 6 mars 2001

*

La partie invisible de tout ce que vous pensez pouvoir voir, vous ne pouvez pas la voir.

À propos d'Israël et de la Palestine, interviewé par *ITN*, Crawford, 5 avril 2002

Si vous avez été licencié, vous êtes à 100 % sans emploi.

Green Bay, 3 septembre 2001

*

Je pense que quand vous dites que vous allez faire quelque chose et que vous ne le faites pas, c'est de la loyauté.

Au cours d'un chat sur le site internet
de *CNN*, 30 août 2000

À un journaliste slovaque, lors d'une rencontre avec Janez Drnovsek, Premier ministre de Slovénie :

Tout ce que je sais de la Slovaquie, je le tiens de votre ministre des Affaires étrangères, qui est venu au Texas.

Knight Ridder News Service,
22 juin 1999

Certains de nos sites protégés sont très vastes, ils s'étendent aussi loin que possible. Et la totalité de... les lieux les plus précieux, pour ainsi dire... bien évidemment, toute terre est précieuse, mais les lieux que la majorité des gens ne veut pas voir détériorés ne seront pas détériorés. Toutefois, il existe des endroits, au sein même de nos sites protégés, où l'on peut forer sans affecter pour autant l'environnement.

Conférence de presse, Washington,
13 mars 2001

J'ai une vision peu commune du leadership. Pour moi, un leadership, c'est quelqu'un qui réunit les gens.

Bartlett, 18 août 2000

Je suis un unificateur, pas un diviseur. Cela signifie que quand il s'agit de recoudre votre cage thoracique, on utilise des points de suture plutôt que de vous ouvrir.

David Letterman Show, 2 mars 2000

*

Saddam Hussein est directement impliqué dans la guerre de la terreur à cause de sa nature, de sa propre histoire, et de sa vive volonté de se terroriser lui-même.

Grand Rapids, 29 janvier 2003

31

Je veux que chaque Américain sache que je suis responsable des décisions que je prends, et que vous l'êtes tous autant que moi.

Live with Regis, 20 septembre 2000

J'espère que les ambitieux réaliseront qu'ils ont plus de chances de réussir avec succès en s'opposant à l'échec.

18 janvier 2001

*

Je regrette qu'un commentaire que j'ai adressé en privé au vice-président ait été divulgué par voie aérienne.

Allentown, 5 septembre 2000

Je pense que nous sommes d'accord sur
ce point : le passé est terminé.

Dallas Morning News, 10 mai 2000

*

Laissons nos amis être les gardiens de la
paix et cette grande nation appelée Amérique sera les faiseurs de paix.

Houston, 6 septembre 2000

Le travail de la législature est d'écrire la loi, celui de l'exécutif d'interpréter la loi.

Austin, 22 novembre 2000

*

Les prévisions dépasseront ce qui a été prévu.

Los Angeles, 27 septembre 2000

Je pense que le peuple américain… j'espère que les Américains… attendez, je ne pense pas… j'espère que le peuple américain me fait confiance.

Washington, 18 décembre 2002

À propos de Saddam Hussein : C'est un maniaque homocide !

CNN, 16 septembre 2002

*

Un dangereux terroriste a été arrêté. Il ne traîne plus maintenant dans les rues, où il devrait être.

Independant, 16 juin 2002

Rudy Giuliani a hérité de cette réputation de maire fantastique, parce que les résultats parlent d'eux-mêmes. Je veux dire par là que New York est aujourd'hui une ville sans dangers pour lui.

The Edge with Paula Zane, 18 septembre 2000

*

Je suis extrêmement heureux d'être ici avec vous, car cela me permet de rappeler à l'ensemble de nos chers concitoyens que nous avons un avantage, nous, Américains – nous pouvons nous nourrir nous-mêmes.

Stockton, 23 août 2002

La guerre contre le terrorisme a trans-
formationné les relations USA-Russie.

New York Times, 14 novembre 2001

*

La raison pour laquelle je crois en une
baisse des impôts, c'est avant tout parce
que j'y crois.

Washington, 18 décembre 2000

Les autoroutes de l'information seront-elles un jour davantage moins nombreuses ?

Concord, 29 janvier 2000

*

Cette femme qui prétend que je suis dyslexique, jamais je ne l'ai interviewée !

Orange, 15 septembre 2000

La chose qui est importante pour moi, c'est de toujours me souvenir quelle est la chose la plus importante.

Saint Louis, 20 février 2001

Depuis plus d'un siècle et demi maintenant, l'Amérique et le Japon forment l'une
des alliances les plus parfaites et les plus
sûres des temps modernes.

Tokyo, 18 février 2002

*

À propos de Linda Chavez : J'ai entière-
ment confiance en elle. Elle fera une par-
faite secrétaire d'État au Travail. D'après
ce que j'ai lu dans les revues de presse, elle
est parfaitement compétente.

Austin, 8 janvier 2001

L'un dans l'autre, ce fut une année fabuleuse pour Laura et moi.

Maison-Blanche, Washington,
21 décembre 2001

*

Que les choses aillent bien ou mal, on blâme toujours le président pour ça. Je comprends ça.

Washington, 11 mai 2001

Nous voulons développer des défenses capables de nous défendre et des défenses capables de défendre les autres.

Washington, 29 mars 2001

*

Si l'action affirmative correspond à ce que je viens de décrire comme étant pour, alors je suis pour !

Saint Louis, 18 octobre 2000

Ma conviction antiavortement repose sur le fait que je pense qu'il y a de la vie. Cette conviction n'est pas essentiellement religieuse. Je pense qu'il y a de la vie, d'où la notion de vie, de liberté et de quête du bonheur.

San Francisco Chronicle, 23 janvier 2001

La Russie n'est plus notre ennemi et nous ne devons plus nous enfermer dans cette mentalité qui veut que nous assurions la paix en nous tapant les uns sur les autres. À mon attitude, c'est dépassé, c'est fatigué, c'est rassis.

Des Moines, 8 juin 2001

La grandeur des États-Unis, c'est que tout le monde doit voter.

Austin, 8 décembre 2000

*

Je sais combien c'est dur pour vous d'apporter de la nourriture sur vos familles.

Greater Nashua, 27 janvier 2000

Il est important pour nous de faire comprendre à notre nation que la vie est importante. Pas seulement celle des bébés, mais aussi celle de ces enfants qui vivent dans les noirs donjons de l'Internet.

Arlington Heights, 24 octobre 2000

*

Vous avez entendu, Al Gore prétend avoir inventé Internet. Si il est si intelligent, expliquez-moi pourquoi toutes les adresses commencent par W.

Miami, 28 octobre 2000

Un excédent, cela signifie qu'il y aura de l'argent en trop. Sans quoi on n'appellerait pas ça un excédent.

Kalamazoo, 27 octobre 2000

*

Je connais la fausseté des humains.

Oprah, 19 septembre 2000

Il va sans dire que dès que je fus élu président, les nuages orageux qu'on voyait à l'horizon vinrent se positionner directement au-dessus de ma tête.

Washington, 11 mai 2001

Il est très important pour tous de réaliser que plus le négoce augmente, plus il y a de commerce.

Québec, 21 avril 2001

*

Ne vous méprenez pas : nous sommes concernés par le sida au sein même de la Maison-Blanche !

Washington, 7 février 2001

Il y a un vieux dicton dans le Tennessee… Je sais que c'est au Texas, probablement dans le Tennessee… qui dit, trompez-moi une fois, honte à… honte sur vous. Trompez-moi… vous ne pourrez plus être trompés.

Nashville, 17 septembre 2002

*

Nous devons avoir en Amérique des comportements qui puissent servir d'exemple à n'importe quel enfant, où qu'il soit né, et quelle que soit la façon dont il est né !

New Britain, 18 avril 2001

À propos de la Maison-Blanche : Je pense que vous pouvez imaginer quel inimaginable honneur c'est que de vivre ici !

Maison-Blanche, Washington, 18 juin 2001

*

Quand je suis né, le monde était en lutte, et on savait exactement qui étaient les autres. C'était nous contre eux, et on savait qui ils étaient. Aujourd'hui, nous ne sommes plus certains de qui ils sont, mais on sait qu'ils sont là !

HBO, 5 novembre 2002

La baisse des impôts est une anecdote réelle pour en finir avec cette économie malade !

The Edge with Paula Zane, 18 septembre 2000

*

La troisième priorité est de donner la première des priorités à l'enseignement.

Site officiel de George W. Bush

Nous n'entendons pas seulement la voix des agriculteurs et des entrepreneurs, mais aussi celle de tous ceux qui se battent pour survivre !

Des Moines, 21 août 2000

À un journaliste qui lui demandait quelle question il aurait aimer changer dans l'entretien qui venait d'avoir lieu : Je pense qu'il faut savoir ce à quoi l'on croit. C'est plus simple ensuite de répondre aux questions. Je ne peux pas répondre à votre question.

Reynoldsburg, 4 octobre 2000

Je comprends d'autant mieux la néces-
sité pour les petits commerces de croître
que j'en ai été un moi-même !

New York Daily News, 19 février 2000

La mission, c'est de nous battre et de gagner la guerre afin d'empêcher la guerre.

14 mars 2002

*

C'est évidemment un budget : il y a plein de chiffres dedans.

Reuters, 5 mai 2000

Je ne pense pas que nous ayons condamné à mort le moindre coupable, euh, innocent au Texas.

NPR'S morning edition, 16 juin 2000

*

G. Bush : Mon frère Jeb, le grand gouverneur du Texas.
J. Leher : De Floride.
G. Bush : Floride. État de Floride.

The Newshour with Jim Leher,
27 avril 2000

En tant que dirigeant, ils m'ont sous-calculé.

Westminster, 13 septembre 2000

*

Ils m'ont mal sous-estimé !

Bentonville, 6 novembre 2000

Si lui… la conclusion étant qu'il pense que l'esclavage est une… une noble institution, je… je rejetterais avec véhémence cette supposition… que John Ashcroft est une personne ouverte d'esprit et inclusive.

NBC News, 14 janvier 2001

*

Je suis très honoré de m'exprimer ainsi devant vous ce soir. Et la grandeur de l'Amérique fait que personne n'est obligé d'écouter, sauf si il en a envie.

Ellis Island, 10 juillet 2001

Je lis le journal.

Interrogé sur ses lectures,
2 décembre 1999

*

Je pense que les êtres humains et les poissons peuvent coexister pacifiquement.

Saginaw, 29 septembre 2000

Si vous êtes plus que déçus et écœurés par la politique du cynisme, la politique électorale et la politique des principes, venez donc rejoindre ma campagne.

Washington Post, 17 février 2000

Au président brésilien Fernando Henrique Cardoso : Vous avez des Noirs, vous aussi ?

Washington, 8 novembre 2001

*

Toute cette politique étrangère… c'est un peu frustrant.

New York Daily news, 23 avril 2002

C'est Washington. La ville où les gens sont prêts à bondir des terriers avant même que le premier coup n'ait été tiré.

Westland, 8 septembre 2000

*

Ceux d'entre nous qui appartiennent au secteur agricole et rural savent combien la peine de mort est injuste.

Omaha, 28 février 2001

Souvent, dans la rhétorique, les gens oublient les faits. Et les faits sont les suivants : des milliers de petits commerces, hispaniquement gérés ou autres, paient des impôts au plus haut des taux.

Washington, 19 mars 2001

*

Je sais qu'à l'aube d'une année électorale, on a tendance à davantage se consacrer à gagner des points politiques qu'à progresser.

Kennebunkport, 3 août 2002

J'ai été élevé dans l'Ouest. L'ouest du Texas. C'est proche de la Californie. Par bien des aspects, encore plus proche que ne l'est Washington de la Californie.

Los Angeles Times, 8 avril 2000

Enfin, il y a une semaine, il y eut… Yasser Arafat était cantonné dans son immeuble à Ramallah, un immeuble évidemment plein de pacifistes allemands et toutes sortes de gens. Ils en sont à présent sortis. Il est à présent prêt à reprendre sa place de leader, à diriger le monde.

Washington, 2 mai 2002

*

Il n'y a rien de plus profond que de reconnaître à l'État d'Israël le droit d'exister. C'est la pensée la plus plus profonde qui soit… Je ne connais rien de plus plus profond que ce droit.

Washington, 13 mars 2002

Les troubles au Moyen-Orient en-gendrent des troubles dans toute cette région.

Washington, 13 mars 2002

*

Ma mère, j'aurais dû t'écouter : toujours mâcher les bretzels avant de les avaler.

14 janvier 2002

Il n'est pas sans conséquences pour l'État de New York d'avoir un gouverneur à qui nous répondrons lorsqu'il téléphonera à la Maison-Blanche.

Campagne de soutien à George Pataki,
gouverneur républicain de New York,
février 2002

*

Je ne sais pas si je vais gagner ou non. Je pense que oui. Je sais que je suis prêt pour cette charge (de Président). Et si je ne le suis pas, eh bien tant pis.

Des Moines, 21 août 2000

Il n'aura pas assez de personnes dans le système pour profiter de gens comme moi.

Au sujet de la crise de la Sécurité sociale
américaine, Wilton, 9 juin 2000

*

Je sais à quel point le système de libre entreprise peut être tendre.

Conférence de presse
de la Maison-Blanche,
Washington, 9 juillet 2002

Si nous devons agir, ce ne sera pas pour envoyer un missile à deux millions de dollars dans une tente vide à 10 dollars pour blesser un chameau au postérieur. Ça sera plus décisif que ça.

19 septembre 2001

*

La loi que j'ai approuvée aujourd'hui permettra d'attribuer de nouveaux fonds et de nouveaux objectifs aux services de renseignements, précisément sur les sujets sensibles de la menace terroriste et des armes de production de masse.

Washington, 27 novembre 2002

Eh bien, c'est un honneur inimaginable que d'être le président pour le 4 juillet dans ce pays. Ça veut dire ce que ces mots disent, pour commencer. Les fantastiques droits inaliénables de notre pays. En Amérique, nous sommes bénis par ces valeurs. Et je – c'est – je suis un homme fier d'être la nation qui repose sur de si merveilleuses valeurs.

Au cours de la visite
du Jefferson Memorial,
Washington, 2 juillet 2001

Nous avons passé beaucoup de temps à parler de l'Afrique, comme convenu. L'Afrique est une nation qui souffre d'un terrible fléau.

Gothenburg, Suède, 14 juin 2001

*

Le sénateur McCain doit comprendre qu'il ne peut jouer sur deux tableaux à la fois. Il ne peut pas monter sur ses grands chevaux et prétendre aux rues basses.

Florence, 17 février 2000

À propos de l'arsenal nucléaire améri-cain : Je ne savais pas que nous avions tant d'armes… pourquoi en avons-nous besoin ?

Newsweek, 25 juin 2001

À propos de la Kipp Academy de Houston : C'est une école dans laquelle il y a beaucoup d'enfants réputés « à risque ». C'est ainsi, malheureusement, que nous nommons certains enfants. Cela signifie tout simplement qu'ils ne peuvent pas apprendre… C'est l'une des meilleures écoles de Houston.

Houston, 11 mars 2001

Répondant à un journaliste qui lui demande jusqu'où il est prêt à aller pour défendre Taiwan : Quoi que cela nous coûte pour aider Taiwan à se défendre eux-mêmes.

Good Morning America, 25 avril 2001

Tout d'abord, nous n'accepterons pas un traité qui n'aura pas été ratifié, pas plus qu'un traité qui, selon moi, aurait un sens pour le pays.

À propos de l'accord de Kyoto,
Washington Post, 24 avril 2001

Nos priorités est notre foi.

Greensboro, 10 octobre 2000

*

Cette guerre ne sera pas immédiate-
ment gratifiante.

2 novembre 2001

J'ai forgé de nouveaux mots, comme
« mésentente » et « hispaniquement ».

Washington, 29 mars 2001

*

Cet argent est le vôtre. Vous avez payé
pour l'avoir.

La Crosse, 18 octobre 2000

À propos de l'affaire Lewinsky. C'est un chapitre, le dernier chapitre du XXe, du XXIe siècle, que beaucoup d'entre nous préféreraient oublier. Le dernier chapitre du XXe siècle. C'est le premier chapitre du XXIe siècle.

Arlington Heights, 24 octobre 2000

Laura et moi sommes fiers de pouvoir appeler John et Michelle Engler nos amis. Et je sais que vous serez fiers de l'appeler gouverneur. Quel homme, ces Englers !

17 novembre 2000

*

Mais j'ai également bien précisé à Vladimir Poutine qu'il était important de dépasser l'état d'esprit que nous partagions jadis, selon lequel si nous nous fichions mutuellement en l'air, le monde serait plus sûr.

1er mai 2001

Ce n'est pas le rôle du gouverneur de décider de qui va au ciel. Je crois que c'est à Dieu de décider de qui va au ciel, pas à George W. Bush.

Houston Chronicle, 20 mai 1999

*

L'administration qui me secondera est un groupe d'hommes et de femmes dont le seul objectif est ce qu'il y a de mieux pour l'Amérique, des hommes et des femmes honnêtes, des femmes qui considéreront le fait de servir leur pays comme un immense privilège, et qui ne souilleront pas la maison.

Des Moines, 15 janvier 2000

Ann et moi allons porter ce message équivoque au monde : les marchés doivent être ouverts.

Discours de réception d'Ann Veneman,
secrétaire d'État à l'Agriculture,
2 mars 2001

*

Écoutez, je comprends l'eau. j'ai grandi à Midland, dans le Texas. Alors vous voyez. Vous vous rappelez combien d'eau nous n'avions pas là-bas.

Ontario, 5 janvier 2002

Je pense qu'une certaine méthodologie sous-tend mes voyages.

Washington, 5 mars 2001

*

Nous avons triplé ce montant – je crois que nous sommes passés de 50 millions de dollars à 195 millions disponibles.

Lima, 23 mars 2002

Le système d'éducation publique en Amérique est l'une des plus importantes fondations de notre démocratie. Après tout, c'est là que les enfants de l'Amérique tout entière apprennent à être des citoyens responsables, et apprennent à avoir les compétences nécessaires pour profiter de notre fantastique société opportunistique.

Santa Clara, 1er mai 2002

Et donc, dans mon État de… mon État
de l'Union… ou de l'État… – ou plutôt –
mon discours à la nation, quelle que soit
la façon dont vous appelez ça, mon discours à la nation – j'ai demandé aux Américains de donner 4 000 ans… 4 000 heures
dans leurs prochaines… du reste de leur
vie –, au service de l'Amérique. C'est ce
que j'ai demandé… 4 000 heures.

Bridgeport, 9 avril 2002

George W. Bush à Tony Blair : « The problem with the French is that they don't have a word for "entrepreneur"[1]. »

Rapporté par Jack Malvern, *Times*,
10 juillet 2002

1. « Le problème avec les Français c'est qu'ils n'ont pas de mot pour "entrepreneur". »

Mon plan minimise le montant sans précédent de notre dette nationale.

Discours au sujet du budget, 27 février 2001

*

Ils n'auront pas à me passer sur le corps pour augmenter vos impôts !

11 janvier 2002

Vous voyez, nous chérissons la liberté. C'est ce qu'ils ne comprennent pas. Ils haïssent ; nous aimons. Ils agissent par haine ; nous ne cherchons pas la vengeance, nous recherchons la justice par amour.

Oklahoma City, 29 août 2002

Je pense que nous faisons des progrès. Nous comprenons où repose le pouvoir de notre pays. Il repose dans les cœurs et les âmes des Américains. Il doit reposer dans nos portefeuilles. Il repose dans la volonté de notre peuple de travailler dur. Mais, et c'est tout aussi important, il repose également dans le fait que nous avons des citoyens, de toutes origines, de tous partis politiques, qui sont prêts à dire : « Je veux aimer mon voisin, je veux rendre la vie de quelqu'un un peu meilleure. »

11 avril 2001

Je n'ai pas pu m'exprimer à ce sujet, mais je suis certain que nous aboutirons à un projet de loi avec lequel je pourrai vivre si nous n'y aboutissons pas. (…) Ne pas pouvoir vivre avec le projet de loi signifie que le projet ne deviendra jamais une loi.

13 juin 2001

Et il ne fait pas de doute dans mon esprit, pas le moindre doute dans mon esprit que nous allons échouer. L'échec ne fait pas partie de notre vocabulaire. Notre grande nation va guider le monde, et nous réussirons.

Washington, 4 octobre 2001

En d'autres mots, je ne pense pas qu'il faille imposer aux citoyens de prendre la décision qu'ils pensent être la meilleure pour leur famille.

Au sujet des vaccinations antivariole,
Washington, 11 décembre 2002

*

Laissez-moi vous exposer ma conviction au sujet de la baisse des impôts. Lorsque votre économie bat de l'aile, il est important de permettre aux gens d'avoir davantage de leur propre argent.

Boston, 4 octobre 2002

Il existe des poches persistantes de pauvreté dans notre société, que je refuse de déclarer éradiquées – je veux dire, je refuse de les laisser se perpétuer. Et donc, l'une des choses que nous tentons de faire est d'encourager une initiative basée sur la foi à déployer ses ailes à travers l'Amérique tout entière, afin d'être capable de saisir cet incroyable esprit de compassion.

O'Fallon, 18 mars 2002

Je ne pense pas que nous devions être subliminables quant à nos différences de vue sur les prescriptions médicamenteuses.

Orlando, 12 septembre 2000

J'aime l'idée d'une école dans laquelle les gens viendraient pour s'éduquer et resteraient dans l'état dans lequel ils sont éduqués.

Milwaukee, 14 août 2002

*

Il va peut-être y avoir des temps difficiles en Amérique. Mais ce pays a déjà connu des temps difficiles par le passé et nous sommes prêts à les renouveler.

Waco, 13 août 2002

Cela ne fait aucun doute, selon moi : nous devons permettre aux pires dirigeants de notre planète de prendre en otage les États-Unis, de menacer notre paix, et de menacer nos amis et alliés avec les armes les plus dangereuses qui soient.

South Bend, 5 septembre 2002

Notre parti a injustement été accusé de certaines choses. D'être contre l'immigration, par exemple. Or, nous ne sommes pas un parti contre l'immigration. Bien au contraire. Nous sommes un parti qui accueille volontiers les gens.

Cleveland, 1er juillet 2000

Nous avons à cœur ce que dit notre Déclaration d'Indépendance, à savoir qu'un Créateur nous a fait grâce de droits non inaliénables.

Moscou, 24 mai 2002

*

Je suis ici pour vous annoncer que, ce jeudi, les guichets et les avions de l'aéroport Ronald Reagan pourront décoller.

Aéroport Ronald-Reagan, Washington,
3 octobre 2001

Et puis je suis allé me promener avec mon chien. J'ai marché. Et j'ai commencé à penser à tout un tas de choses. J'étais capable de... je ne me souviens plus de quoi. Mon discours d'investiture, j'ai commencé à y réfléchir comme ça.

U.S. News & World Report,
11 janvier 2001

Le gaz naturel est hémisphérique. J'aime à l'appeler hémisphérique parce qu'il s'agit d'un produit que l'on peut trouver dans le voisinage.

Austin, 20 décembre 2000

*

Il est important, pour les jeunes hommes et les jeunes femmes qui tournent leurs regards vers les champions du Nebraska, de comprendre que la qualité de vie, c'est bien plus que de bloquer des balles.

Au sujet de l'équipe féminine de volley-ball de l'Université du Nebraska, 31 mai 2001

Je vous promets que je vais écouter tout ce qui s'est dit ici, et cela même si je n'étais pas là.

Forum économique de Waco,
13 août 2002

*

Il n'est pas de grotte assez profonde pour l'Amérique, ou assez sombre pour s'y cacher.

Oklahoma City, 29 août 2002

La situation critique de la Californie est la conséquence d'équipements électriques insuffisamment puissants, et donc du pouvoir insuffisant de rendre plus puissante la puissance des équipements électriques.

14 janvier 2001

Notre mission est de passer d'une définition du rôle des États-Unis en tant qu'ensemble permettant de protéger la paix à une définition d'ensemble permettant de protéger la paix des protecteurs de la paix.

14 janvier 2001

Campagne du gouverneur Mike Hucka-
bee : Je sais ce que c'est que d'être un gouvernement ! Et vous en êtes un bon !

4 novembre 2002

*

Je sais ce que je crois. Je continuerai à
dire ce que je crois et ce que je crois – je
crois que ce que je crois est vrai.

Rome, 22 juillet 2001

Quoi qu'il en soit, je suis très recon-
naissant et fier... je suis fier que mon
frère Jeb se sente autant concerné par
l'hémisphère.

4 juin 2001

Si vous ne prenez position pour rien,
vous ne prenez position pour rien !

Bellevue Community College,
2 novembre 2000

*

C'est blanc *(à un jeune Anglais lui demandant ce qu'est la Maison-Blanche).*

19 juillet 2001

Plus de 75 % des Américains blancs possèdent leur maison, et moins de 50 % des Hispanos-Américains et des Afro-Américains ne possèdent pas la leur. C'est un fossé, le fossé de la propriété. Et nous devons agir en conséquence.

Cleveland, 1er juillet 2002

Mon administration a enjoint l'ensemble des dirigeants du Moyen-Orient à faire tout ce qui était en leur pouvoir pour mettre un terme à la violence, pour signifier aux différentes parties impliquées que la paix ne verrait jamais le jour.

Crawford, 13 août 2001

À propos de Saddam Hussein : J'étais fier, l'autre jour, quand les Républicains et les Démocrates se sont rangés derrière moi pour soutenir cette résolution : ou bien il désarme ou bien c'est nous !

Manchester, 5 octobre 2002

Les nouveaux amuse-Bush

Je jette un œil aux gros titres des journaux, juste pour avoir une idée de ce qui se trame. Je lis rarement les articles ; je suis briefé par des gens qui les lisent eux-mêmes, probablement.

Washington, 21 septembre 2003

Nous allons avoir un forum à la Maison-Blanche, ici, à Washington, bien évidemment, puisque c'est ici qu'est la Maison-Blanche.

Washington DC, 17 septembre 2002

Nous avons eu des discussions significatives concernant les différents aspects de notre société, de son plus bas à son plus haut échelon. Et ce non seulement au sein du cabinet mais aussi avant et dorénavant, nos secrétaires, nos secrétaires respectifs, vont continuer à communiquer afin de créer les conditions nécessaires à l'émergence de la prospérité.

Washington DC, 19 mai 2003

Que ce soit bien clair, les pauvres ne sont pas nécessairement des tueurs. Ce n'est pas parce qu'il peut arriver que vous ne soyez pas fortuné, que vous avez alors le désir de tuer.

Washington DC, 19 mai 2003

Notre pays consacre un billion de dollars par an pour lutter contre la faim. Dans ce domaine, nous sommes, et de loin, la nation la plus généreuse du monde, et j'en suis fier. Ce n'est évidemment pas un concours ; il ne s'agit pas de savoir qui est le plus généreux. J'expose juste un fait. Nous sommes généreux. Nous ne devons pas nous en vanter, mais c'est ainsi. Nous sommes très généreux.

Washington DC, 16 juillet 2003

La sécurité est le barrage essentiel qui nous permettra de dresser le plan de route menant à la paix.

Washington DC, 25 juillet 2003

*

L'Iran serait dangereux s'il avait une bombe nucléaire.

Washington DC, 18 juin 2003

J'encourage vivement les chefs d'État européens et du monde entier à prendre rapidement la décision d'agir contre la terreur instaurée par des groupes tel le Hamas, d'éradiquer leur financement et de les soutenir – cesser de les financer et les soutenir, comme l'ont fait les États-Unis.

Washington DC, 25 juin 2003

Nous devons avoir un système qui forme les gens aux métiers qui existent vraiment.

Philadelphie, 17 juin 2003

*

Il y en a toujours qui ont la tentation de réécrire l'histoire, des historiens révisionnistes, comme je me plais à les nommer.

Elizabeth, 16 juin 2003

Les forces vives de l'Amérique, c'est quand un voisin aime un voisin comme ils aimeraient être aimés eux-mêmes.

Elizabeth, 16 juin 2003

*

Nous faisons des progrès tenaces !

Washington DC, 9 juin 2003

Je ne suis pas très analytique. C'est-à-dire que je ne passe pas beaucoup de temps à penser à moi, aux raisons pour lesquelles je fais ce que je fais.

Air Force One, 4 juin 2003

J'ai rencontré récemment le ministre des Finances de l'Autorité palestinienne ; j'ai été très impressionné par sa maîtrise des finances.

Washington DC, 29 mai 2003

*

Souvent, nous vivons dans un monde moyen – je veux dire par là que les gens s'intéressent plus aux moyens qu'aux fins.

Washington DC, 29 mai 2003

Je pense que la guerre est un endroit dangereux.

Washington DC, 7 mai 2003

*

Nous avons mis fin au règne d'un des tyrans les pires de l'histoire et, ce faisant, non seulement nous avons libéré le peuple américain, mais, en plus, nous avons sécurisé notre propre peuple.

Crawford, 3 mai 2003

Nous avons des centaines de sites à exploiter, à la recherche des armes chimiques et biologiques que Saddam avait avant notre entrée en Irak.

Santa Clara, 2 mai 2003

Nous avons parlé à Joan Hanover. Elle et son mari, George, nous ont rendu visite. Ils sont proches de la retraite, de prendre leur retraite – sur le chemin de la retraite, c'est-à-dire qu'ils sont brillants, actifs, des gens très capables qui ont l'âge de la retraite et qui prennent leur retraite.

Alexandria, 12 février 2003

Je n'ai pas laissé entrer Dieu dans ma vie pour, enfin, pour être un genre d'homme politique.

Air Force One, 24 avril 2003

*

On peut aider quelqu'un qui souffre en serrant dans ses bras un voisin en difficulté.

Washington DC, 3 avril 2003

Les États-Unis n'ont pas quitté l'Allemagne et le Japon après la Seconde Guerre mondiale. Nous continuons aujourd'hui encore à aider ces nations à devenir des sociétés fortes et démocratiques, qui ne feront plus jamais la guerre aux États-Unis. Et c'est aussi notre mission, aujourd'hui, en Irak. Notre présence est donc essentielle pour notre sécurité.

Porsmouth, 8 octobre 2003

Vous êtes libres. Et la liberté est belle. Et cela demandera du temps pour restaurer le chaos et l'ordre, l'ordre dans le chaos, mais nous nous y attellerons.

Washington DC, 13 avril 2003

*

Peut-être qu'entre le moment où j'ai quitté Camp David et maintenant, j'apprendrai beaucoup de choses.

Dallas, 23 mars 2003

Plus ils ont d'argent, plus ils ont de poches – dans leurs poches, plus cela sera facile pour lui de trouver un travail.

Washington DC, 9 février 2003

Et, comme je l'ai dit lors de ma déclaration d'investiture : une voiture née aujourd'hui devra conduire... non, un enfant né aujourd'hui devra un jour conduire une voiture, sa première voiture, fonctionnant à l'hydrogène et non polluante.

Washington DC, 6 février 2003

En présentant Alma Powell, la femme de Colin Powell : Le plus important, c'est qu'Alma Powell, la secrétaire de Colin Powell, soit avec nous !

Washington DC, 30 janvier 2003

Il y a des obstacles et nous allons les achever !

Washington DC, 22 janvier 2003

*

Les risques sont grands, le risque de pouvoir trouver un travail, le risque d'assurer la sécurité du pays.

Washington DC, 7 novembre 2002

Je veux que les plus jeunes se souviennent de l'histoire du vol 93, un des événements les plus importants de toute l'histoire de l'histoire récente.

Missouri, 4 novembre 2002

À propos des Talibans : Ces gens n'ont pas de chars. Ils n'ont pas de bateaux. Ils se cachent dans des caves. Ils font sortir leurs suicidaires.

Dallas, 1er novembre 2002

*

Au-delà du mal fait à l'Amérique, un monde plus paisible va advenir et une Amérique plus meilleure.

New York, 22 octobre 2002

Il est intéressant de penser que les esclaves, qui ont quitté ce pays, mus par leur détermination, leur religion et leur sens de la liberté, ont aidé à changer l'Amérique.

Dakar, 8 juillet 2003

Quelles sont votre ambition ?

Washington DC, 20 août 2002

*

Quand l'un d'entre nous souffre, tous souffrent.

Miami, 6 août 2002

C'est la nature même de la démocratie : il arrive que la politique politicienne se mue en rhétorique.

Crawford, 8 août 2003

Un cyclone d'humour !

Note du traducteur

Qu'on ne se méprise pas : les citations traduites ici l'a été avec la plus vaste des rigueurs, et le traducteur ne saurait en aucun cas se faire reprocher quelque écart langagier ayant eu pour fâcheuse descendance de malformer la pensée et le style du président Bush. La prose de George est proprement faramineuse, elle ne souffre pas l'approximatif lors du passage d'une langue à l'autre tant ses foulures aux lois de la grammaire redressent d'une virtuosité secrète dont les arcanes nous sont à jamais interdites. Le lecteur éprouvera donc un certain vertige devant l'énoncé bushien, comme s'il assistait à la nativité d'une « novlangue » inédite, dont la gestation a perduré une nanoseconde mais dont les conséquences au rendement politique ne peuvent que se mesurer en millions de dollars et en déficits humains. Certains dirigeants politiques, dit-on, ont une vraie crampe d'écrivain – c'est le cas, paraît-il, de De Gaulle, de Churchill, un peu moins de Franco, certes, et pas du tout de Giscard d'Estaing. Il y a même des écrivains ou poètes qui escaladent le pouvoir. Mais le président George Bush Jr est un cas à part : il subdivertit l'américain comme peu d'écrivains contemporains, comme si seule une tornade des lois linguistiques pouvaient rendre des comptes de la structure de son système à pensées. Si ses déclarations nous interloquent, c'est sans doute parce que nous ne sommes pas encore prêts à percer l'étrange musique qu'elles composent à force de sédimentation. De tous les auteurs que j'ai traduits, c'est le seul qui m'ait fait dubiter durablement de la pertinenterie de mon métier de traducteur. Cela ne veut certes pas dire qu'il est intraduisable, loin de là, mais plutôt que son style est, pour parler comme Bush, « une façon assez générale et personnelle de faire que les faits soient dits dans le sens de leur interprétation ». Un écrivain est né, et s'il ne rechute pas dans l'escalade descendante de l'alcool, tous les espoirs sont permissifs.

CLARO

George Bush, survolant à bord d'Air Force One les inondations causées par le cyclone Katrina : Tout a été balayé… C'est désastreux, ça doit être deux fois plus désastreux au sol.

Le 31 août 2005

Je crois que la ville où j'avais l'habitude de venir – depuis Houston, Texas, pour mon plaisir, parfois trop – sera exactement la même ville, qu'elle sera un endroit plus agréable où aller.

Sur la piste de décollage de l'aéroport
de La Nouvelle Orléans,
le 2 septembre 2005

Sur la reconstruction de La Nouvelle Orléans : Mon idée, c'est qu'on va trouver quelqu'un qui sait de quoi il parle quand il est question de reconstruire des villes.

Biloxi, Mississippi, le 2 septembre 2005

Inspectant les dégâts causés par l'ouragan, Mobile, Alabama : Un gros travail de reconstruction nous attend. D'abord, nous allons sauver des vies et stabiliser la situation. Puis nous allons aider ces communautés à reconstruire. La bonne nouvelle – même s'il est difficile pour certains de la voir maintenant –, c'est que de ce chaos va émerger une fantastique Gulf Coast, ce qu'elle était autrefois. Des ruines de la maison de Trent Lott – il a perdu toute sa maison – va naître une formidable maison. Et j'ai hâte d'être assis sur le porche.

Le 2 septembre 2005

Les Américains devront se montrer prudents dans leur utilisation de l'énergie au cours des prochaines semaines. N'achetez pas d'essence si vous n'en avez pas besoin.

Washington, DC, le 1ᵉʳ septembre 2005

*

En partance pour le Danemark : J'ai hâte de passer une bonne nuit sur le sol d'un ami.

Washington, DC, le 29 juin 2005

À une conférence de presse avec des repré-sentants de l'Union européenne : Les relations avec, euh… l'Europe sont des relations importantes, et elles ont, euh… parce que nous partageons des valeurs. Et ce sont des valeurs universelles, ce ne sont pas des valeurs américaines ni, vous savez… des valeurs européennes, ce sont des valeurs universelles. Et ces valeurs… euh… étant universelles, devraient être appliquées partout.

Washington, DC, le 20 juin 2005

À propos d'un rapport d'Amnesty International sur les mauvais traitements subis par les détenus de Guantanamo Bay : J'ai le sentiment qu'ils ont fondé certaines de leurs décisions sur le témoignage – et les allégations – de gens qui étaient détenus, des gens qui détestent l'Amérique, des gens qui ont été entraînés pour certains à désassembler – ça signifie ne pas dire la vérité.

Washington, DC, le 31 mai 2005

Vous savez, dans mon métier, il faut sans cesse et sans cesse répéter les choses pour que la vérité s'impose, pour, disons, catapulter la propagande.

New York, le 24 mai 2005

De passage en Géorgie : Nous avons discuté de l'avenir en Irak, discuté de l'importance d'une démocratie au Moyen-Orient afin de laisser derrière un lendemain paisible.

Le 10 mai 2005

Je pense que les jeunes travailleurs… Avant toute chose, le gouvernement a promis des avantages aux jeunes travailleurs – des promesses qui ont été promises, des avantages que nous ne pouvons garantir. C'est comme ça et pas autrement.

Washington, DC, le 4 mai 2005

Il est dans l'intérêt de notre pays de trouver ceux qui pourraient nous nuire et de les mettre en lieu sûr.

Washington, DC, le 28 avril 2005

*

Mais l'Irak a – ils ont des gens là-bas qui ont envie de tuer, et ce sont des tueurs intraitables. Et nous nous efforcerons avec les Irakiens d'assurer leur avenir.

Washington, DC, le 28 avril 2005

Sur les mesures éducatives au niveau fédéral : Nous attendons des États qu'ils nous montrent si oui ou non nous atteignons des objectifs simples – comme savoir lire et écrire en maths.

Washington, DC, le 28 mai 2005

Bon, nous avons pris la décision de vaincre les terroristes à l'étranger pour ne pas avoir à les affronter chez nous. Et quand vous engagez les terroristes à l'étranger, ça donne de l'activité et de l'action.

Washington, DC, le 28 mai 2005

*

Je vais passer pas mal de temps sur la Sécurité sociale. J'aime ça. J'aime m'occuper de cette question. Je crois que c'est la mère en moi qui veut ça.

Washington, DC, le 14 avril 2005

Nous avons hâte d'analyser et de travailler avec une législation qui fera... on peut l'espérer... qui certifiera à une presse libre que l'on ne vous refuse pas l'information que vous ne devriez pas voir.

Washington, DC, le 14 avril 2005

*

Je veux vous remercier pour l'importance que vous avez montrée pour l'éducation et l'alphabétisation.

Washington, DC, le 14 avril 2005

Dans ce métier, vous avez de quoi vous occuper au jour le jour ; vous n'avez guère le temps de traînasser, tout seul, dans le Bureau ovale, à demander aux différents portraits : « À ton avis, quelle sera ma réputation ? »

Washington, DC, le 16 mars 2005

*

Cette idée que les États-Unis se préparent à attaquer l'Iran est simplement ridicule. Cela dit, toutes les options sont sur la table.

Bruxelles, le 22 février 2005

Si vous êtes jeune, vous devriez demander aux membres du Congrès et au Sénat
des États-Unis et au président ce que vous
comptez faire à ce sujet. Si vous pressentez
un déraillement, vous devriez dire : que
comptez-vous faire à ce sujet, monsieur le
congressiste ou madame la congressiste ?

Detroit, Michigan, le 8 février 2005

Expliquant son plan pour sauver la Sécurité sociale : Parce que – tout ce qui est sur la table commence à concerner les gros inducteurs de coûts. Par exemple, la façon dont les bénéfices sont calculés, par exemple, est sur la table ; si oui ou non les... la hausse des bénéfices basée sur le salaire augmente ou augmente les prix. Il y a une série de parties de la formule qu'on prend en considération. Et quand vous associez ça, ces différents inducteurs de coûts, en affectant ceux-là – en les changeant avec des comptes personnels, l'idée est d'obtenir ce qu'on a promis qui serait sûrement – ou le plus près de ce qui a été promis. Est-ce que vous me comprenez ? C'est un peu confus. Écoutez, c'est une série de choses qui entraîne le – comme, par exemple, quand les bénéfices sont calculés basés sur l'augmentation des salaires, en opposition à l'augmentation des prix. Certains ont suggéré que nous calculions… les bénéfices augmenteront basés sur l'inflation, en opposition aux augmentations de salaire. Il y a une réforme qui aiderait à sortir du rouge si elle est rendue effective. En d'autres termes, à quelle vitesse croissent les bénéfices, à quelle vitesse croissent les bénéfices promis, si ces… si cette croissance est affectée, ça aidera pour le rouge.

Tampa, Floride, le 4 février 2005

Dans une récession économique, je préférerais qu'afin de sortir de cette récession que les gens dépensent leur argent, pas que le gouvernement essaie de deviner comment dépenser l'argent des gens.

Tampa, Floride, le 16 février 2004

À une divorcée mère de trois enfants : Vous avez trois boulots ?… Typiquement américain, n'est-ce pas ? Je veux dire, c'est fantastique que vous faites ça.

Omaha, Nebraska, le 4 février 2005

*

Réponse à un journaliste qui lui demandait si, alors qu'il allait commencer un nouveau mandat de quatre ans, il voyait les fantômes des précédents présidents : Eh bien, j'ai arrêté de boire en 1986.

Le 30 janvier 2005

Je n'oublie pas également que l'homme ne devrait jamais essayer de parler à la place de Dieu. Je veux dire, nous ne devrions jamais attribuer des désastres naturels ou tout ça à Dieu. Nous ne sommes d'aucune manière, façon, ou forme un être humain ne devrait jouer à Dieu.

Washington, DC, le 14 janvier 2005

S'adressant à des journalistes : Je m'exprime parfois simplement, mais vous ne devez pas oublier les conséquences des mots. Alors notez bien ça. Je ne sais pas si vous appelleriez ça une confession, un regret ou je ne sais quoi.

Washington, DC, le 14 janvier 2005

*

Qui aurait bien pu imaginer une érection... une élection en Irak à ce stade de l'histoire ?

Washington, DC,
le 10 janvier 2005

Je crois que nous sommes appelés à faire le dur travail de rendre nos communautés et la qualité de vie un meilleur endroit.

Collinsville, le 5 janvier 2005

*

C'est une période de chagrin et de tristesse quand nous perdons la perte d'une vie.

Washington, DC,
le 21 décembre 2004

Sur les travailleurs immigrés : Ils peuvent faire la queue comme ceux qui ont été ici légalement et ont travaillé pour devenir une citoyenneté de façon légale.

Washington, DC, le 20 décembre 2004

*

Aussi, pendant ces saisons de vacances, nous remercions nos bienfaits.

Fort Belvoir, Virginie,
le 10 décembre 2004.

La justice devait être équitable.

Washington, DC, le 15 décembre 2004.

*

Je crois que, aussi vite que possible, les jeunes vaches devraient avoir le droit de traverser notre frontière.

Ottawa (Canada, Ontario),
le 30 novembre 2004

Après une entrevue avec le président chilien Ricardo Lagos : Le président et moi avons également réaffirmé notre détermination à combattre la terreur, à faire que le trafic de drogue rapporte, à apporter la justice à ceux qui polluent notre jeunesse.

Santiago, le 21 novembre 2004

Nous pensions que nous étions à jamais à l'abri de la politique commerciale ou des attaques terroristes parce que les océans nous protégeaient.

Santiago, le 20 novembre 2004

Je dis toujours en plaisantant aux gens que le Bureau ovale est le genre d'endroit où les gens restent devant, ils s'apprêtent à entrer et à me dire pourquoi, et ils entrent et sont submergés par l'atmosphère et ils disent, mince, vous avez belle allure.

Washington, DC, le 4 novembre 2004

Première conférence de presse donnée après la réélection : Maintenant que la campagne est terminée, les Américains s'attendent à des résultats. Je tendrai le bras à tous ceux qui partagent nos objectifs.

Le 4 novembre 2004

Nous défendrons la terreur. Nous défendrons la liberté.

Le 18 octobre 2004

*

Je sais moi aussi ce qu'est un bureau. Et tous les Américains s'en sont rendu compte. Le 9 septembre 2001, je me tenais dans les ruines des Twin Towers. C'est un jour que je n'oublierai jamais.

Marlton, New Jersey, le 18 octobre 2004

Après être resté sur scène, après les débats, j'ai établi très clairement : nous n'aurons pas une armée de volontaires. Et cependant cette semaine… nous aurons une armée de volontaires !

Daytona Beach, Floride, le 16 octobre 2004

La vérité dans cette affaire, c'est que, si vous écoutez attentivement, Saddam serait toujours au pouvoir s'il était le président des États-Unis, et le monde ne s'en porterait que mieux.

Saint Louis, Missouri, le 8 octobre 2004

Quand un médicament arrive du Canada, je veux m'assurer qu'il va vous guérir, pas vous tuer... J'ai l'obligation de m'assurer que notre gouvernement fait tout ce que nous pouvons pour vous protéger. Et l'un de... mon souci est qu'on ait le sentiment que ça vient du Canada, et que ça pourrait venir d'un tiers monde.

Saint Louis, Missouri,
le 8 octobre 2004

Un autre exemple serait l'affaire Dred Scott, et qui est celle où des juges, il y a de cela des années, ont dit que la Constitution autorisait l'esclavage à cause des droits sur les biens personnels. C'est une opinion personnelle. Ce n'est pas ce que dit la Constitution. La Constitution des États-Unis dit que nous sommes tous... – vous savez, elle ne dit pas ça. Elle ne soutient pas l'égalité de l'Amérique.

Saint Louis, Missouri,
le 8 octobre 2004

Je pense que c'est très important pour le président américain de penser ce qu'il dit. C'est pourquoi je comprends que l'ennemi a pu mal interpréter ce que j'ai dit. C'est pourquoi j'essaie d'être aussi clairement que je peux.

Washington, DC,
le 23 septembre 2004

178

Je ne suis pas expert sur la façon dont pensent les Irakiens, parce que je vis en Amérique, où on est bien et en sécurité et à l'abri.

Washington, DC, le 23 septembre 2004

La CIA a établi plusieurs scénarios et dit que la vie pouvait être pourrie, que la vie pouvait être correcte, que la vie pouvait être mieux, et ils se sont juste demandé à quoi les conditions pouvaient ressembler.

New York, le 21 septembre 2004

Les sociétés libres sont des sociétés optimistes. Et les sociétés libres seront les alliées contre ceux qui haïssent et n'ont pas de conscience, qui tuent sur un coup de chapeau.

Washington, DC,
le 17 septembre 2004

Trop de bons médecins se retrouvent sans travail. Trop d'obstétriciens-gynécologues ne sont pas en mesure de pratiquer leur amour avec des femmes dans tout le pays.

Poplar Bluff, Missouri,
le 6 septembre 2004

Expliquant au magazine Time *qu'il avait sous-estimé la résistance irakienne :* Si nous devions tout recommencer, nous examinerions les conséquences d'un succès catastrophique, ayant remporté le succès si vite qu'un ennemi aurait dû se rendre ou être tué en s'évadant et en vivant pour combattre un autre jour.

Le 4 septembre 2004

J'espère que vous partirez d'ici en vous disant : « Qu'est-ce qu'il a dit ? »

Beaverton, Oregon, le 13 août 2004

Laissez-moi vous parler sans ménagement. Dans un monde qui change, nous voulons que davantage de gens contrôlent votre vie.

Annandale, Virginie, le 9 août 2004

Comme vous le savez, nous n'avons pas de relations avec l'Iran. Je veux dire, c'est... depuis la fin des années 70, nous n'avons pas de contacts avec eux, et nous les avons complètement sanctionnés. En d'autres termes, il n'y a pas de sanctions – on ne peut pas –, nous sommes à court de sanctions.

Annandale, Virginie, le 9 août 2004

S'adressant à des journalistes noirs : La souveraineté tribale veut bien dire ce qu'elle veut dire ; elle est souveraine. Je veux dire, vous êtes un... – on vous a accordé la souveraineté, et vous êtes considérés comme une entité souveraine. Et par conséquent les relations entre le gouvernement et les tribus sont des relations entre entités souveraines.

Washington, DC, le 6 août 2004

Nous avons donné un nom inexact à la guerre à la terreur. Ce devrait être la Lutte contre les Extrémistes Idéologiques Qui Ne Croient Pas aux Sociétés Libres et Qui Recourent à la Terreur comme à une Arme pour Ébranler la Conscience du Monde Libre.

Washington, DC, le 6 août 2004

*

Nos ennemis sont innovants et ingénieux, et nous aussi. Ils n'arrêtent pas de penser à de nouveaux moyens de frapper notre pays et notre peuple, nous non plus.

Washington, DC, le 5 août 2004

Pendant une réunion dans le Bureau ovale avec le républicain Tom Lantos : Je ne sais pas pourquoi tu parles de la Suède. Ils sont neutres. Ils n'ont pas d'armée.

Propos rapporté par le New York Times
du 5 août 2004

*

Donnez-moi une chance d'être votre président et l'Amérique sera plus sûre et plus forte et meilleure.

Marquette, Michigan, le 13 juillet 2004

Et je suis quelqu'un d'optimiste. Je suppose que si vous voulez essayer de trouver une raison d'être pessimiste, vous pouvez la trouver, peu importe l'effort que vous faites pour la trouver, vous voyez ?

Washington, DC, le 15 juin 2004

*

Je tiens à remercier mon ami, le sénateur Bill Frist, d'être avec nous aujourd'hui... Il a épousé une Texane, je veux que vous le sachiez. Karyn, qui est ici avec nous. Une fille de l'Ouest du Texas, exactement comme moi.

Nashville, Tennessee, le 27 mai 2004

Je suis honoré de serrer la main d'un courageux citoyen irakien qui s'est fait trancher la main par Saddam Hussein.

Washington, DC, le 25 mai 2004

*

Mon boulot c'est de, disons, penser au-delà de l'immédiat.

Washington, DC, le 21 avril 2004

À propos des armes de destruction massive : Elles pourraient être toujours cachées, comme les 50 tonnes de gaz moutarde sur un élevage de dindes.

Washington, DC, le 13 avril 2004

*

Nous sommes toujours défiés en Irak et la raison en est qu'un Irak libre sera une défaite majeure dans la cause de la liberté.

Charlotte, Caroline du Nord,
le 5 avril 2004

Parlant de Jahmi, qui est un homme, dans un discours rendant hommage aux réformatrices, pendant la Semaine internationale des femmes : Il y a quelques heures, le gouvernement libyen a relâché Fathi Jahmi. C'est une employée locale du gouvernement qui a été emprisonnée en 2002 pour avoir défendu la liberté de parole et la démocratie.

Washington, DC, le 12 mars 2004

La marche vers la guerre fait du mal à l'économie. Laura m'a rappelé il y a un certain temps de me souvenir de ce qu'il y avait sur les écrans de télé – elle m'appelle « George W » – « George W ». Je l'appelle, « Première Dame ». Non, bref – elle a dit, nous avons dit, la marche vers la guerre sur notre écran de télé.

New York, le 11 mars 2004

Dieu vous aime, et je vous aime. Et vous pouvez compter sur nous deux comme un message puissant que les gens qui s'interrogent sur leur avenir peuvent entendre.

Los Angeles, Californie,
le 3 mars 2004

La récession, ça signifie que les revenus des gens, au niveau de l'employeur, baissent, globalement, par rapport aux coûts, les gens sont licenciés.

Washington, DC, le 19 février 2004

Mais la véritable force de l'Amérique, on la trouve dans les cœurs et les âmes de gens comme Travis, des gens qui sont désireux d'aimer leur voisin, tout comme ils aimeraient s'aimer eux-mêmes.

Springfield, Missouri,
le 9 février 2004

À mon avis, quand les États-Unis disent qu'il va y avoir de graves conséquences, et qu'il n'y a pas de graves conséquences, cela crée des conséquences défavorables.

Le 8 février 2004

Au sujet de la démocratie en Irak : Nous disons : à présent, la démocratie doit prospérer. Et d'après ce que je sais de mon histoire, ça nous a pris du temps ici aux États-Unis, mais néanmoins nous faisons des progrès.

Le 8 février 2004

À propos du rapport de la commission sur le 11 septembre : Ça se lit comme un roman policier. C'est bien écrit.

Le 8 février 2004

*

Mes opinions sont celle qui soutient la liberté.

Washington, DC,
le 29 janvier 2004

Vous savez, une des choses intéressantes dans le Bureau ovale – j'adore faire venir des gens dans le Bureau ovale… juste au bout du couloir, là-bas – et dire : c'est là que je travaille, mais je veux que vous sachiez que le bureau est toujours plus grand que la personne.

Washington, DC,
le 29 janvier 2004

Plus de musulmans sont morts aux mains des assassins que – je dis plus de musulmans – beaucoup de musulmans sont morts – je ne connais pas le chiffre exact – à Istanbul. Regardez ces endroits différents dans le monde où il y a eu considérablement de mort et de destructions parce que les assassins assassinent.

Washington, DC, le 29 janvier 2004

Puis vous vous réveillez au niveau du collège et vous découvrez que le niveau d'analphabétisme de nos enfants sont effrayants.

Washington, DC,
le 23 janvier 2004

Donnant un conseil au sénateur du Nou-veau-Mexique et chasseur de cailles Pete Domenici : N'oubliez quand même jamais que c'est les oiseaux qui est supposé souffrir, pas le chasseur.

Roswell, Nouveau-Mexique,
le 22 janvier 2004

Une des choses les plus significatives qui me soient arrivées depuis que j'ai été le gouverneur – le président – gouverneur – président. Pardon. Ex-gouverneur. Je suis allé à l'hôpital naval Bethesda pour décerner le Purple Heart à un type, et au même moment où je l'ai regardé – recevoir un Purple Heart pour son combat en Irak – et à ce même – juste après que je lui ai donné le Purple Heart, il a été fait citoyen des États-Unis – un citoyen mexicain, maintenant un citoyen des États-Unis.

Washington, DC, le 9 janvier 2004

Merci de m'avoir rappelé l'importance d'être une bonne maman ainsi qu'un grand volontaire.

Saint Louis, Missouri, le 5 janvier 2004

Je tiens à vous rappeler à tous qu'afin de se battre et de gagner la guerre, il faut une sortie d'argent qui est en commisération avec la promesse envers nos troupes pour s'assurer qu'elles sont bien payées, bien entraînées, bien équipées.

Washington, DC,
le 15 décembre 2003

À propos de Saddam Hussein : Les Irakiens ont besoin d'être beaucoup impliqués. Ils étaient le peuple qui a été brutalisé par cet homme.

Le 15 décembre 2003

Durant cette semaine de 1989, il y a eu des manifestations à Berlin-Est et à Leipzig. Avant la fin de l'année, toutes les dictatures communistes en Amérique centrale s'étaient effondrées.

Washington, DC, le 6 décembre 2003

L'Amérique représente la liberté, la poursuite du bonheur, et le droit inaliénable de vivre.

Washington, DC,
le 3 novembre 2003

Bonus : Les pensées
d'Arnold Schwarzenegger

Annonçant sa candidature au poste de gouverneur : C'est la décision la plus difficile que j'aie prise de toute ma vie, sauf la fois en 1978 quand j'ai décidé de me faire épiler le maillot.

*

Mon rapport au pouvoir et à l'autorité est que ça me botte à fond. Les gens ont besoin que quelqu'un les surveille. 95 % des gens au monde ont besoin qu'on leur dise quoi faire et comment se comporter.

J'ai toujours rêvé des gens très puissants – les dictateurs, ce genre de trucs. J'ai toujours été impressionné par les gens dont on se rappelait pendant des siècles, ou même, comme Jésus, pendant des milliers d'années.

*

Sur son poste de gouverneur : C'est notre job de nous assurer que tout le monde a un super-boulot ; un boulot fantastique !

Exposant ses vues économiques : Le public se fiche des chiffres.

*

À propos de l'environnement : Ne vous en faites pas pour ça !

Je pense que le mariage gay, ça devrait être entre un homme et une femme.

*

Sur les dangers associés au mariage gay : Tout d'un coup, on voit des émeutes, on voit des manifs, on voit des gens se battre. Et puis juste après il y a des blessés et des morts. On n'a pas envie d'en arriver là.

Après que sa femme l'avait boudé alors qu'il soutenait George Bush à la Convention républicaine : Eh bien, on n'a pas fait l'amour pendant quatorze jours.

*

À la Convention républicaine : Aux critiques qui se montrent si pessimistes au sujet de notre économie, je dis : ne soyez pas des chochottes économiques !

Décrivant les législateurs démocrates en Californie : S'ils n'ont pas le courage de venir ici devant vous et de dire : « Je ne veux pas vous représenter, je veux représenter ces intérêts spéciaux, les syndicats, les avocats… », s'ils n'ont pas le courage, je les traite de chochottes.

Répondant à une question sur ses capacités à diriger l'État de Californie : Autant, quand vous voyez une blonde avec des super-nichons et un cul d'enfer, vous vous dites : « Hé, elle doit être stupide ou n'avoir rien d'autre à proposer », ce qui est sûrement le cas très souvent. Mais bon, il y a aussi celle qui est aussi intelligente que ses seins sont beaux, aussi super que son visage, aussi belle que son corps est superbe, vous savez, alors les gens sont choqués.

Ça m'arrive de regarder une nana qui est un peu enrobée et si elle m'excite, je n'hésiterai pas à sortir avec elle. Elle peut bien peser 75 kilos, du moment qu'elle baise bien, je m'en fiche.

Avoir des nanas autour de vous, c'est le genre de truc qui fiche en l'air l'entraînement intensif. Ça vous soulage, et ensuite vous retournez aux choses sérieuses.

*

La b… n'est pas un muscle, et donc elle ne grandit pas en rapport avec les épaules, disons, ou les pectoraux. Vous ne pouvez pas l'agrandir par des exercices, ça c'est sûr.

Nixon a toujours été agressé sexuellement. On a toujours dit qu'il était pédé et qu'il n'a pas eu de relations sexuelles avec sa femme pendant quinze ans, et que c'est pour ça qu'il aimait le pouvoir. Et Hitler n'avait qu'une couille, et c'est pour ça qu'il voulait conquérir le monde.

Les meilleures activités pour votre santé sont pomper et sauter.

*

Faire des tractions c'est comme baiser. Je m'entraîne deux, parfois trois fois par jour. À chaque traction, c'est génial. J'ai l'impression de jouir toute la journée.

Table

RÉALISATION : NORD COMPO À VILLENEUVE-D'ASCQ

GROUPE CPI

Achevé d'imprimer en mars 2007
par **BUSSIÈRE**
à Saint-Amand-Montrond (Cher)
N° d'édition : 91736. - N° d'impression : 70327.
Dépôt légal : avril 2007.
Imprimé en France